Mahatma Bhakdi

Die sexuellen Phantasien der Virologen

LISTEN, DIE CORONA ERKLÄREN

(Vorsicht Satire!)

© 2020 Mahatma Bhakdi:

Verlag und Druck:
Tredition GmbH, Halenreie 40-44, 22359 Hamburg

ISBN
Paperback: 978-3-347-21685-3
Hardcover: 978-3-347-21686-0
e-Book: 978-3-347-21687-7

tredition GmbH
Autor: Mahatma Bhakdi
Lektorat, Korrektorat: Mahatma Bhakdi
Verlag & Druck: tredition GmbH, Halenreie 40-44, 22359 Hamburg
ISBN: 978-3-347-21685-3

Die Deutsche Nationalbibliothek verzeichnet diese Publikation in der Deutschen Nationalbibliografie; detaillierte bibliografische Daten sind im Internet über http://dnb.d-nb.de abrufbar.

Inhalt

Listen, die Corona erklären

Warum alle Länder bei der Corona-Panik mitmachen

1. Langeweile
2. Herdentrieb
3. Aus Spaß an der Freud´
4. Warum auch nicht?
5. Auf Empfehlung eines Arztes
6. Aus Versehen
7. Aus finanziellen Gründen
8. Um Schweden in einem schlechten Licht erscheinen zu lassen

Wann die Pandemie vorbei ist

1. Wenn der Traum vom ewigen Leben wahr geworden ist.
2. Wenn wir einen Minus-R-Wert erreicht haben.
3. Wenn alle durchgeimpft sind, inklusive Tiere und Pflanzen.
4. Wenn 9/11 vollständig aufgeklärt ist.
5. Wenn Schnee zum Himmel fällt.
6. Wenn der FC Bayern um den Abstieg kämpft.
7. Wenn Area 51 für alle geöffnet wird.
8. Wenn Kühe sich mit Flöhen paaren.
9. Und die ersten Klühe geboren werden.
10. Kurz bevor die Nächste ausgerufen wird.

Was zurzeit verwechselt wird

1. Positiv getestet / krank
2. Helfen / denunzieren
3. Demokratie / Diktatur
4. Reichstagssturm / Fotoshooting
5. Corona Soforthilfe / Hartz 4
6. Maßnahmen-Kritiker / Holocaust-Leugner
7. Remonstrationsrecht / Remonstrationspflicht
8. Desinfektionsmittel / Weihwasser
9. Leitmedien / Regierungssprecher
10. Impfstoff / Lebenselixier
11. Talkshows /ergebnisoffener Diskurs
12. Bergamo / Rest der Welt
13. Klopapier / Gold
14. Übersterblichkeit / Sterblichkeit
15. Autounfall / Corona-Toter
16. Robert Koch Institut / unabhängige Einrichtung
17. Volk / Kollateralschaden
18. Politiker / Menschen

Die aus hygienischer Sicht ungeeignetsten
Aufbewahrungsmöglichkeiten der Alltagsmaske

1. Hosentasche
2. Jackentasche
3. Dönertasche
4. Shampoo-Flasche
5. Colaflasche
6. Zahnpastatube

7. Abfalleimer
8. Komposthaufen
9. Abflussrohr
10. Gesicht

Neun modifizierte Filmzitate

1. Casablanca: *„Ich schau dir auf 1,5 Meter Abstand in die Augen, Kleines."*
2. Star Wars: *„Möge die Maske mit dir sein!"*
3. Dirty Dancing: *„Ich hab eine Alltagsmaske getragen."*
4. Apollo 13: *„Husten, wir haben ein Problem!"*
5. Stirb langsam: *„Yippie-Ya-Yeah, Schweinegrippe!"*
6. Forrest Gump: *„Das Leben ist wie ein PCR Test. Man weiß nie, worauf er anschlägt."*
7. Notting Hill: *„Ich bin doch nur eine Bürgerin, die vor einem Reporter steht und ihn bittet ausgewogen zu berichten."*
8. Vom Winde verweht: *„Morgen ist auch noch ein Notstandsgesetztag."*
9. Highlander: *„Es kann nur einen Virologen geben."*

Verdamp lang her: Im Jahr 2019...

1. ...starben Menschen an oder mit Corona-Viren und keiner kam auf die Idee eine Pandemie auszurufen.
2. ...hatte ein Attest noch einen Wert.
3. ...ging es bei „Ärzte für Aufklärung" um Sex
4. ...stand noch die schwarze Null.
5. ...hielten sich noch relativ Viele an das Grundgesetz.

6. …wusste nur eine verschwindend kleine Minderheit wer oder was KenFM, Rubikon oder Nuoviso TV ist.
7. …war „querdenken" nur ein komisches Verb.
8. …fiel das Tragen von Masken noch unter das Vermummungsverbot.
9. …setzten sich Promis noch gegen Faschismus ein.

Was Corona-Viren den ganzen Tag machen

1. Schlecht über Influenza Viren sprechen.
2. Nach Menschen Ausschau halten.
3. In Münder und Nasen hineinfliegen.
4. Grippesymptome verursachen.
5. Oder auch nicht.
6. Meistens eher nicht.
7. Vom Immunsystem des Menschen vernichtet werden.
8. Oder mit Ach und Krach dem Immunsystem entkommen
9. Sich erneut auf die Lauer legen.
10. Und schlecht über Immunsysteme sprechen.
11. Sterben.

Woraus Corona-Talkrunden bestehen

1. Panikmache (89%)
2. Mainstream-Meinung (99,8%)
3. Investigativer Journalismus (1%)
4. Fakten (13%)
5. Lügen (89%)
6. Trump-Bashing (22%)

7. Hetze (43%)
8. Hetze, in zeitlichem Sinne (87%)
9. Haltlose Behauptungen (56%)
10. Transatlantiker (100%)
11. These – Antithese – Synthese (0,9%)
12. Irreführende Grafiken (18%)
13. Fehlinformationen (76%)
14. Fehlende Informationen (9000%)
15. Jede Menge Aerosole

Was Virologen in ihrer Freizeit machen

1. Pfefferminz-Bonbons lutschen
2. In Talkshows gehen
3. Und dort Angst und Schrecken verbreiten
4. Dabei vertrauensvoll lächeln
5. Oder sorgenvoll gucken
6. Lüften
7. Händewaschen
8. Über Epidemiologen herziehen
9. Aerosole verbreiten
10. Aerosole untersuchen
11. Aufs Klo gehen
12. Dort heimlich rauchen
13. Dann nochmal Händewaschen
14. Und nochmal lüften
15. Pfefferminz-Bonbons lutschen
16. In die nächste Talkshow gehen

Verantwortungsvoller Sex

1. Nur in die Armbeuge küssen
2. Alle zwei Minuten die Hände waschen
3. Idealerweise nur 69
4. Kein lautes Stöhnen (Aerosole!)
5. Kein Orgasmus (Tröpfchen-Infektion!)
6. Gruppensex nur im eigenen Familienhaushalt
7. Alle drei Minuten lüften

Die zehn launigsten Umschreibungen für die Alltagsmaske

1. Gesichtskondom
2. Covindel
3. Schnüffeltuch
4. Virenscheuche
5. Nasenslip
6. Maulkorb
7. Keimbeutel
8. Kotztüte
9. Bakterien-Beet
10. Der Anfang vom Ende

Achtzehn „neue" Songs

1. Stevie Wonder / I just called to say I´m in Quarantäne
2. Bryan Adams / Everything I do, I do it for the Risikogruppe
3. The Beatles / Let it be (a normal flu)
4. Otis Redding / Sittin´on the Doc of the RKI

5. Elton John / Corona in the Wind
6. Rolling Stones / Sympathy for the Drosten
7. Bob Marley / No PCR Test, no cry
8. Tim Benzko / Nur kurz die Welt testen
9. James Brown / I got Covid (I feel good)
10. The Police / Every Aerosole you take
11. The Animals / House of the Rising Infiziertenzahlen
12. Phil Collins / Another Day in Home Office
13. Culture Club / Do you really want to impf me?
14. The Fugees / Killing me softly (with a Alltagsmaske)
15. Peter Maffay / Durch sieben Lockdowns musst du geh´n
16. Trio / Da da da – Ich impf dich nicht, du impfst mich nicht
17. Rio Reiser / Der PCR-Test von Deutschland
18. U2 / With or an Corona gestorben

Fünf Prognosen von Virologen aus einer Zeit, als sich noch niemand um Prognosen von Virologen scherte

1. *„PCR-Tests wird man für Pandemien nicht verwenden können."*
2. *„Das Verwenden von Masken wird nichts bringen."*
3. *„Die Schweinegrippe kommt wieder – vermeiden Sie Wiener Schnitzel!"*
4. *„Es kommt eine Zeit, da werden wir wie Stars sein."*
5. *„Den ganzen Tag wolkenlos. Trotzdem schwere Regenfälle."*

Woran man erkennt, dass Jemand die Maske nicht aus tiefster Überzeugung trägt

1. Die Maske hängt unter der Nase

2. Die Maske hängt unterm Kinn
3. Die Maske hängt unter dem Schuh
4. Die Maske hängt zu Hause
5. An dem Grundgesetz-Tattoo auf dem Oberarm
6. An der Attest-Sammlung an der Halskette
7. Maske?

Woran man mit hundertprozentiger Sicherheit erkennen kann, ob ein Attest gefälscht ist

1. Das Attest enthält eine gewisse Anzahl an Worten.
2. Die einen gewissen Sinn ergeben.
3. Irgendwo steht sogar das Wort „Attest".
4. Es sieht tatsächlich echt aus.
5. Es *riecht* sogar echt.
6. Obwohl die Sache natürlich stinkt!
7. Der Besitzer des Attests trägt keine Maske.
8. Der Besitzer des Attests befindet sich im Supermarkt
9. Der Besitzer des Attests befindet sich im Zug.
10. Er ist Teilnehmer einer Demo.
11. Sieht irgendwie verdächtig aus.
12. Und gleichzeitig normal.
13. Sein Attest ist von einem Arzt ausgestellt.

Was alles nicht in Aerosolen enthalten ist

1. Der Teufel
2. Etwa fünfhundert ansteckende Krankheiten
3. Davon ein Dutzend Geschlechtskrankheiten

4. Die Seele von Tut-Ench-Amun
5. Mikro-Roboter, die sich ins Gehirn fressen und zwar ausgerechnet in den Bereich des Gehirns, der für die Fähigkeit des Händewaschens und Lüftens zuständig ist.
6. Geheime Botschaften.
7. Die Lottozahlen.
8. Kalorien.

Was Virologen unter ihrem Kittel tragen

1. Kleidung
2. Nix
3. Maske

Wer in der Corona-Zeit auffällig oft in Restaurants war

1. Donald Duck
2. Minnie Maus
3. Peter Pan
4. Maria Mustermann
5. Herr Müller-Lüdenscheidt
6. Die fette Elke

Fünf neue Hinweisschilder

1. Masken zum Verzehr nicht geeignet!
2. Bitte nicht singen. Ihr Chorleiter

3. Bitte nicht mit Maske allein im Wald spazieren gehen. Ihr gesunder Menschenverstand
4. Bitte nicht mit Maske schlafen gehen. Ihr Überlebenstrieb
5. Bitte keine weiteren Hinweisschilder

Vierzehn neue Krankheiten

1. Desinfektionsmittel-Wundbrand
2. Chronische Leitmedien-Übelkeit
3. Unheilbarer Testwahn
4. Willkürliche Youtube-Zensuritis
5. Kindertraumatisierungsdrang
6. Solidaritäts-Fetischismus
7. Wahnhafter Infektionsschutzgesetz-Erweiterungszwang
8. Denunzierungsneurose
9. Reichsflaggenparanoia
10. Akute Diktatur-Depression
11. Mittelstandssterben
12. Zwanghaftes Impfzwang-fordern
13. Chronisches Impfschäden-leugnen
14. Wahnhaftes neue Krankheiten erfinden

Sechzehn Remakes von erfolgreichen Filmen

1. Zorro – der Mann mit der Alltagsmaske
2. Ein Virus für gewisse Stunden
3. Ein Lockdown kommt selten allein
4. Das Schweigen der Promi-Lämmer
5. Zwei glorreiche Virologen

6. Dr. Seltsam oder wie ich lernte, den PCR-Test zusammenzuschwurbeln
7. Spiel mir das Lied vom Corona-Tod
8. Indiana Jones und der letzte Abstrich
9. Der Mann, der Liberty Valance impfte
10. Wer hat Angst vor Virgina Wolfs´ Schnupfen?
11. Die fabelhafte Welt der Aerosole
12. Batman begins (die Maßnahmen zu hinterfragen)
13. Falsches Spiel mit Roger Bittel
14. Die Schöne und das RKI
15. Life of Pi: Pandemie mit Tiger
16. Der Herr der Ringe: Die Rückkehr des Virus (Extended Shutdown Edition)

Elf Angewohnheiten aus einer vergangenen Zeit, über die man heutzutage nur mehr den Kopf schütteln kann

1. Das Haus verlassen.
2. Frei atmen.
3. Anderer Meinung sein.
4. Freunde treffen.
5. Verreisen.
6. Geburtstag feiern.
7. Weihnachten feiern.
8. Egal-was-feiern.
9. Normal leben.
10. Im Kreis der Familie sterben.
11. Wiedergeboren werden.

Sondermeldungen für die die ARD sogar den TATORT unterbrechen würde

1. „WIEDER NEUE INFIZIERTE IN DEUTSCHLAND! Allein in Berlin sind heute drei dazugekommen. Wir haben mit ihnen gesprochen..."
2. „WAHNSINN! Es waren nicht nur drei, es waren sogar vier! Wir haben mit ihnen gesprochen..."
3. „BREAKING NEWS! Vielleicht wird es ja noch einer mehr! Wir schalten jetzt live zur Testauswertung..."
4. „DER TEST WAR NE...ÄH...POSITIV! Zurück zum Tatort..."

Was man beim Testen so denkt

1. Hoffentlich fällt er negativ aus.
2. Hoffentlich fällt er nicht positiv aus.
3. Bitte nicht so tief!
4. Bitte nicht in die Nase!
5. Mist, in die Nase!
6. Mist, bestimmt positiv...
7. Verrückt, wenn ich morgen vom Bus überfahren werde, gelte ich als Corona-Toter.

Alte und neue Superspreader-Events

1. Woodstock
2. Live Aid
3. Großdemos in Berlin

4. Olympia
5. Rock am Ring
6. Die Geburtstagsfeier bei Tante Gerda

Sieben Wörter, die sich nicht auf SARS-CoV-2 reimen

1. Frieden
2. Empathie
3. Meinungsfreiheit
4. Verhältnismäßigkeit
5. Demokratie-Bewegung
6. Normale Grippewelle
7. SARS CoV-1

Die elf beliebtesten Hochzeitsbräuche der Virologen

1. Der Braut die Maske reichen
2. Mit der Aufschrift „Just desinfected"
3. Die Hochzeitsgeschenke auf Keime und Bakterien untersuchen.
4. Den Bräutigam auf Keime und Bakterien untersuchen.
5. Insbesondere vor der Hochzeitsnacht.
6. Alle Hochzeitsgäste desinfizieren.
7. Alle fünf Minuten lüften.
8. Auch das Brautkleid.
9. Die Braut küssen.
10. Für den Bräutigam Quarantäne anordnen.
11. Mit der Braut durchbrennen.

12. Zehn Beweise dafür, dass SARS Cov-2 ein hochansteckender, tödlicher Virus ist.

1. Weil es Politik und Medien permanent sagen.
2. Weil es Politik und Medien permanent sagen.
3. Weil es Politik und Medien permanent sagen.
4. Weil es Politik und Medien permanent sagen.
5. Weil es Politik und Medien permanent sagen.
6. Weil es Politik und Medien permanent sagen.
7. Weil es Politik und Medien permanent sagen.
8. Weil es Politik und Medien permanent sagen.
9. Weil es Politik und Medien permanent sagen.
10. Weil es Politik und Medien permanent sagen.

Acht Mutproben, die es erst seit diesem Jahr gibt

1. Als Arzt sagen: *„Masken bringen nichts. Sie schaden eher der Gesundheit."*
2. Als Staatsvirologe sagen: *„Lockdowns bringen nichts. Sie schaden Gesundheit und Wirtschaft."*
3. Als Politiker in eine Gaststätte oder eine Künstleragentur gehen und sagen: *„Na, nix zu tun?"*
4. Mit dem Grundgesetz in der Hand auf eine Demo gehen.
5. Herzhaft lachen. Egal wo. Hauptsache viele Menschen stehen unmittelbar vor einem.
6. Gegen den Willen des RKI eine Autopsie durchführen.
7. Und im Fernsehen von den Ergebnissen berichten.
8. Klopapier erst kaufen gehen, wenn man das letzte Blatt aufgebraucht hat.

Die sexuellen Phantasien der Virologen

1. Mit einem anderen Virologen
2. Mit einem Epidemiologen
3. Mit einem Astrologen
4. Auf einer Querdenken Demo
5. In der Charité auf dem Gäste WC
6. Kurz nach einer Talkshow
7. Kurz vor einer Talkshow
8. Kurz *in* einer Talkshow
9. Mit einem anderen Virologen und ein dritter Virologe schaut zu
10. Mit „ohne Desinfektionsmittel"
11. Mit einer Desinfektionsflasche
12. Mit einer Infektion
13. Mit einer Erektion
14. Ohne Lüftung
15. Mit Liebe und Zärtlichkeit

Offener Brief an die Kanzlerin

Liebe Angela Merkel,

nachfolgend eine Liste aller Corona-Maßnahmen, die ich sinnvoll finde:

Herzlichst,
Ihr Mahatma Bhakdi

TEST

Sind Sie ein Maßnahmen-Kritiker?

(Kreuzen Sie an und zählen Sie die Punkte zusammen)

Wer geht als Gewinner aus der Corona-Krise hervor?

o	Die Event-Agenturen	4 Punkte
o	Die Gaststätten-Betreiber	4 Punkte
o	Die Reise-Industrie	4 Punkte
o	Die Demokratie	4 Punkte
o	Die Pharma-Bonzen	0 Punkte

Was erreicht man mit einem Lockdown?

o	Die Vernichtung des Mittelstands	0 Punkte
o	Unabsehbare soziale, psychische und wirtschaftliche Schäden für das gesamte Land	0 Punkte
o	Eine Vervielfachung der Selbstmordrate	0 Punkte
o	Eine geringere Sterberate	3 Punkte

Was steht im sogenannten „Panikpapier"?

o	Keine Panik!	3 Punkte
o	In der Ruhe liegt die Kraft	3 Punkte

- Ein Songtext von Udo Lindenberg   2 Punkte
- Wie man systematisch eine Panik-Apokalypse   0 Punkte
  über das eigene Volk bringt und vor allem die
  Kinder in Angst und Schrecken versetzt

Was sind Menschen, die aus gesundheitlichen Gründen keine Masken tragen können?

- Nazis   3 Punkte
- Tickende Zeitbomben   3 Punkte
- Superspreader   3 Punkte
- Menschen, die aus gesundheitlichen Gründen   0 Punkte
  keine Maske tragen können

Wo braucht man KEINE Maske zu tragen?

- Im Kreissaal   2 Punkte
- Bei einer Beerdigung   3 Punkte
- Im Alltag   2 Punkte
- Im Uterus   0 Punkte

Was genau weist eigentlich der PCR-Test nach?

- Den Corona-Virus   2 Punkte
- Den Influenza-Virus   3 Punkte
- Nukleinsäure Schnipsel   1 Punkt
- Einen Scheiß   0 Punkte

Haften eigentlich die Firmen, die den Impfstoff herstellen, für eventuelle Folgeschäden?

- o   Nein.   0 Punkte
- o   Jein.   2 Punkte
- o   Natürlich!   3 Punkte
- o   Impfstoffe haben keine Folgeschäden.   4 Punkte

TEST-AUSWERTUNG

0 – 4 Punkte
Ganz klar: Sie sind ein Kritiker der Corona-Maßnahmen! Das heißt, Sie vertrauen eher den Experten in den freien Medien als den Experten in Leitmedien. Obwohl die Experten in den Leitmedien oft den besseren Friseur haben.

5 – 12 Punkte
Sie sitzen genau zwischen den Stühlen. Sie ahnen zwar, dass hier was gewaltig aus dem Ruder läuft, klammern sich aber gleichzeitig an die Hoffnung irgendwie unbeschadet durch die momentane Situation zu kommen. Vergleichbar mit der Hoffnung einer Kuh auf dem Weg zum schlach...äh...melken.

13 – 23 Punkte
Sie befürworten eindeutig die Maßnahmen. Denn Sie glauben, dass es der Bundesregierung um unsere Interessen und unsere Gesundheit geht und nicht um die Interessen der Gesundheits-Industrie. Schließlich war das ja auch schon bei der Schweinegrippe so...

Achtung M&Ms!

Ich wette eigentlich nie, aber was die Gefährlichkeit von Corona angeht, würde ich eine Ausnahme machen und behaupten: Dieser Virus ist garantiert gefährlich. Extrem gefährlich sogar. Das sehe ich schon allein an den mannshohen Leichenbergen, die sich täglich bis fast nach ganz oben an meine Dachgeschoss-Wohnung türmen. Und auch der Rest der Welt besteht ja momentan nur aus Intensivbetten, Särgen und M&M's, also aus **m**ordsmäßigen **M**utationen. Zumindest wenn man Claus Zamperoni und Ingo Kleber Glauben schenken will.

Es gibt aber auch Menschen, die halten den ganzen Corona-Hype für einen – rein wissenschaftlich ausgedrückt – riesen Beschiss. Und genau an die wende ich mich jetzt: Sagen Sie bitte nie wieder, Corona ist wie Grippe! Ja, ich weiß, die WHO sagt das auch. Aber die WHO behauptet auch, dass Lockdowns nichts bringen. Und dabei weiß doch jedes traumatisierte Kind, dass die nur Gutes bewirken. Depressive heilen sich beispielsweise mittels Suizid – ein Wunder – immer öfter selbst. Und auch die Restaurant-Betreiber sind happy. Denn seit den deutschlandweiten Schließungen ist kein einziger Gast mehr ohne zu bezahlen stiften gegangen. Damit ist die Gattung der Zechpreller durch die Lockdowns komplett ausgerottet worden. Genau wie die Influenza. Ein Doppel-Wunder!

Okay, jetzt mal im Ernst: Wenn Sie den M&M's, also den **M**ainstream-**M**edien wirklich glauben, sind Sie aus meiner Sicht hoffnungslos verloren. Denn die vierte Gewalt in diesem Staat ist leider zur Staatsgewalt mutiert. Soll heißen: Da wo Nachrichten drauf steht, ist oft nur noch Nutella drin. Und mit Nutella meine ich Staatspropaganda.

Das erkennen Sie zum Beispiel an der meist einseitigen und regierungsunkritischen Berichterstattung der Tagesschau. Über die sich berechtigterweise immer mehr Bundesbürger lautstark mit „Fake News!"-Rufen aufregen. Woraufhin sie allerdings postwendend als Nazis gebrandmarkt werden. Am allerheftigsten von der Tagesschau. Kommt Ihnen da auch etwas merkwürdig vor?

Einem Großteil der Bevölkerung leider nicht. Deshalb geht der andere Teil ja auch regelmäßig auf die Straße. Damit dem Großteil endlich etwas merkwürdig vorkommt. Und sei es nur, dass Nazis neuerdings mit „Nazis raus!"-T-Shirts rumlaufen und im Grunde wie ganz normale Bürger aussehen.
Was dann auf solchen Demonstrationen abgeht, wenn ganz normale Bürger auf als imperiale Sturmtruppen verkleidete Polizisten treffen, sollte meiner Meinung nach jeder einmal gesehen haben: Da wird ständig provoziert, gedroht, geschubst, auf das Gegenüber eingeprügelt und – man glaubt es kaum – vereinzelte Bürger verhalten sich dort kaum besser.

Wobei gewaltbereite Bürger immer eine Vorliebe für schwarze Kleidung und linksextreme Parolen zu haben scheinen. Doch worüber wird anschließend in den Medien berichtet? Jedenfalls nicht über Polizei- oder Antifa-Gewalt. Die verschwindet – ratzfatz – wie ein häßliches Kaninchen im Zauberhut irgendeines Chef-Redakteurs.
So als ginge es den Medienschaffenden nicht um ehrliche Nachrichten, sondern um den Ehrlich-Brothers-Nachwuchspreis.
Deshalb plädiere ich auch dafür, dass Nachrichtensprecher grundsätzlich vor Beiträgen über Berliner Demonstrationen Abrakadabra sagen müssen. So kann jeder die nachfolgenden Illusionen auch als solche erkennen.

A propos Berlin. Dort lebt die einzige Person, die die Pandemie in Deutschland sofort beenden könnte. Die Rede ist von Mario Barth. Nein, Quatsch, von M&M natürlich, von Mutti Merkel. Die hätte die Macht, die ganze Sache einfach abzublasen. Sie müsste sich lediglich mal von anderen als den üblichen Verdächtigen beraten lassen. Wie wär's zuerst von Professor Sucharit Ioannidis? Und im Anschluss von

Professor John Bhakdi? Oder umgekehrt? Danach würde die Kanzlerin nämlich kleinlaut zugeben müssen: „Corona ist wie Grippe, nur nicht so gefährlich."

Fragt sich dann bloß wie die M&Ms – **M**iosga und **M**arietta – auf diese Aussage reagieren. Ich denke, die würden einfach sämtliche Intensivbetten und Infiziertenzahlen sang und klanglos aus den Nachrichten verschwinden lassen. Allerdings ohne vorher Abrakadabra zu sagen. Wetten?

Listen, die von einem Verschwörungs-Theoretiker verfasst wurden

Woran man einen Verschwörungstheoretiker erkennt

1. Am Blick
2. Am Geruch
3. Am Charakter
4. Am Gang (leicht federnd!)
5. Am Aluhut
6. An seiner vom Mainstream abweichenden Meinung
7. Er sagt eventuell die Wahrheit

Was ein Aluhut-Träger alles kann

1. Selbstironie beweisen.
2. Ins Mainstream-Fernsehen kommen.
3. Auf einen Regenschirm verzichten.
4. Die Sonne reflektieren.
5. Wenn nötig, Dinge frisch halten.
6. Regenwasser aufsammeln.
7. Spenden einsammeln.
8. Den Hut ziehen.

Wohin steuert die Weltwirtschaft? Sieben Theorien:

1. In die Katastrophe
2. In eine Sackgasse
3. In einen Einkaufswagen
4. Ins Rektum der Pharma-Riesen
5. In die schöne neue Welt von „1984"
6. Ins Exil
7. Welche Wirtschaft?

Fünf Theorien, warum der Corona-Virus in den Jahren zuvor, nicht beachtet wurde

1. Zu klein
2. Zu unscheinbar
3. Schlechtes Marketing
4. Die Influenza-Viren haben sich dauernd in den Vordergrund gedrängt
5. Es gab schon eine Biersorte, die so heißt.

Was zuerst da war

1. Event 201
2. SARS CoV-2
3. Der chinesische PCR Test
4. Der deutsche PCR Test
5. Der Lockdown
6. Die Dissertation

Neun unbequeme Wahrheiten über Corona-Viren

1. Sie ordnen keine Lockdowns an.
2. Sie ruinieren nicht die Wirtschaft.
3. Sie ordnen keine Maskenpflicht an.
4. Sie sind nicht für Finanzcrashs verantwortlich.
5. Oder Klopapier-Mangel.
6. Sie rufen keine Pandemien aus.
7. Sie können nichts für steigende Selbstmordraten.
8. Sie verordnen keine Infektionsschutzgesetze.
9. Sie sind im Sinne aller Anklagepunkte unschuldig.

Elf Sätze, die das RKI so nie gesagt hat

1. *„Wollt Ihr den totalen Lockdown?"*
2. *„Ja, genau, das tun wir jetzt alle bis ans Ende unseres Lebens."*
3. *„Die Leichen des Menschen sind unantastbar."*
4. *„Deshalb: keine Obduktionen!"*
5. *„Ich MUSS das alles sagen, die haben meine Familie."*
6. *„Make the Infektionszahlen great again!"*
7. *„Unsere Maßnahmen sollten immer hinterfragt werden!"*
8. *„Die Grippe? Die ist an Corona gestorben."*
9. *„Hiermit erklären wir die Pandemie für beendet."*
10. *„Wer zu spät impft, den belohnt das Immunsystem!"*
11. *„Ich bin Batman."*

Die Spleens der globalen Macht-Eliten

1. Die weltweite Marktwirtschaft gegen die Wand fahren
2. Regierungen mit „Lockdown oder stirb"-Methoden erpressen
3. Millionen von Menschen buchstäblich vernichten.
4. Vor allem den Mittelstand.
5. Immer mindestens zwei Mal gucken, ob der Herd auch wirklich aus ist.

Die Weltkriege vereinfacht erklärt

1. Weltkrieg: Deutschland gegen die Welt
2. Weltkrieg: Deutschland gegen die Welt
3. Weltkrieg: Regierungen gegen ihr eigenes Volk

Fünf Dinge, die gefährlicher sind als Covid-19

1. Rauchen
2. Ungesundes Essen
3. Bewegungsmangel
4. Krankenhauskeime
5. Die Maßnahmen wegen der Viren

Zwölf Bemerkungen, die man im Free TV nicht allzu oft sagen sollte

1. *„Ich bin da anderer Meinung."*
2. *„Wir sollten mit der Querdenken-Bewegung in einen offenen Diskurs treten."*

3. *„Wir müssen auch mal Virologen einladen, die zu völlig anderen Ergebnissen kommen."*

4. *„Es gibt eine beeindruckende Zahl an Wissenschaftlern, die kommen zu dem Schluss, dass wir gar keine Pandemie haben."*

5. *„Es gibt Wissenschaftler, die kommen sogar zu dem Schluss, dass wir auch gar keinen Klimawandel haben."*

6. *„9/11 war ganz klar und ohne Wenn und Aber von der eigenen Regierung inszeniert."*

7. *„Zwei Flugzeuge, drei Türme stürzen ein – ist doch komisch, ne?"*

8. *„Deutschland ist das korrupteste Land der Welt, im Grunde eine Bananenrepublik, verfügt aber über die besten Vertuschungsmethoden."*

9. *„Wer die Regierung bildet, ist doch denen, die an der Macht sind, völlig egal."*

10. *„...Und jetzt gehen wir in die Werbung...für die wir Millionen erhalten...von Firmen über die wir dann natürlich nicht mehr negativ berichten können, weil wir von diesen Einnahmen abhängig sind...ach, tut gut sich das alles mal von der Seele zu reden..."*

11. *„Die meisten Gewaltverbrechen in Deutschland kommen nicht von rechts, sondern von links."*

12. *„Da bin ich ganz Ihrer Meinung!"*

Der PCR-Test

1. Er ist für den Einsatz bei Pandemien völlig ungeeignet.
2. Das sagt selbst der Erfinder des Tests.
3. Und alle, die sich mit PCR Tests auskennen.
4. Davon abgesehen ist er aber super.

Wo Virologen ihre Drogen aufbewahren

1. Zwischen alten Drogentests.
2. Zwischen frischen PCR Tests.
3. Im Bücherschrank hinter dem Panikpapier des BMI.
4. In einem riesigen, neonfarbenen Container mit der Aufschrift „DROGEN".
5. In der Ritze von Talkshow-Sesseln.
6. In der Ritze eines untergeordneten Virologen.
7. Nirgendwo. Sie werden sofort konsumiert, äh, vernichtet.

Fünf Namen mit denen Corona wohl keine weltweite Panik ausgelöst hätte

1. Corönchen
2. Corinna
3. Koala
4. Saisonale Grippe
5. Pupsi

Was man heutzutage alles zu hören kriegt, wenn man sagt: „Ich bin da skeptisch, weil…"

1. *„Das ist doch eine Verschwörungs-Theorie!"*
2. *„Du Nazi-Schwein!"*
3. *„Red weiter und ich brech dir das Genick!"*
4. *„Sofort töten! Sofort töten sollte man dich!"*
5. *„Ich bin da auch skeptisch, nimm lieber einen Regenschirm mit."*

Woran ein Kritiker der Corona-Maßnahmen merkt, dass man seine Ansichten nicht zu hundert Prozent teilt

1. Er wird überall nur noch als „der Verschwörungstheoretiker" vorgestellt.
2. Seine Freunde wenden sich von ihm ab.
3. Sein Leben wird mehr und mehr zu einem Spießrutenlauf.
4. All seine Youtube-Videos werden gelöscht.
5. Sein Bankkonto – wird ohne Angabe von Gründen – einfach aufgelöst.
6. Er erhält die Kündigung.
7. Er erhält Morddrohungen.
8. Er wird kübelweise mit Häme und Spott übergossen.
9. Besonders wenn er sich einen Grippevirus eingefangen hat.
10. Er bekommt überall Hausverbot.
11. Selbst in seinem Eigenen.
12. Seine Familie wendet sich von ihm ab.
13. Seine Frau überreicht ihm die Scheidungspapiere.
14. Mit 1,50 Meter Abstand.
15. Zu seinem Geburtstag gratuliert ihm nicht mal der Postbote.
16. Er überreicht ihm lediglich ein Flugticket.
17. Nach Schweden.
18. Nur hin.
19. Und einen Strick.
20. Für noch mehr Beispiele wenden Sie sich bitte an den Corona-Maßnahmen-Kritiker Ihres Vertrauens.

Sieben Hiobsbotschaften für die WHO

1. Ab sofort sind in der WHO keine Pharma-Lobbyisten und Geschäftsleute mehr zugelassen.
2. Und keine Politiker.
3. Stattdessen nur noch normale Menschen.
4. Mit Gefühlen.
5. Und echtem Interesse an der Gesundheit der Menschen.
6. Dafür sorgt vor allem der neue WHO-Chef:
7. Dr. Bruce Banner!

Elf Hiobsbotschaften für den IWF

1. Man untersagt ihm Geld zu drucken.
2. Man untersagt ihm Länder unter Druck zu setzen.
3. Stattdessen wird er von Grund auf reformiert.
4. Vom „Wolf of Wall Street".
5. Der verhindern will, dass Reiche immer reicher werden.
6. Und der ein neues IWF-Motto ausgibt.
7. Nämlich Arme reicher zu machen.
8. Aber auch Beine sollen in Zukunft besser wegkommen.
9. Der Kalauer musste sein.
10. Danke fürs Weiterlesen!
11. Hier endet die Liste.

TEST

Sind Sie ein Verschwörungstheoretiker?

(Kreuzen Sie an und zählen Sie die Punkte zusammen)

Was will ein sogenannter „Verschwörungstheoretiker"?

o	Ernst genommen werden	0 Punkte
o	Einen offenen Diskurs	0 Punkte
o	Seine Meinung äußern dürfen	0 Punkte
o	Eins in die Fresse	3 Punkte

11.September 2001: Kreuzen Sie das Richtige an

o	1 Flugzeug, 1 eingestürztes Gebäude	3 Punkte
o	2 Flugzeuge, 2 eingestürzte Gebäude	2 Punkte
o	2 Flugzeuge, 3 eingestürzte Gebäude	0 Punkte
o	3 Fluggebäude, 2 eingestürzte Zeugen	4 Punkte

Warum stürzte WTC 7 ein?

o	Wegen einer angelassenen Herdplatte.	2 Punkte
o	Wegen einem unsichtbaren Flugzeug.	3 Punkte
o	Aus Solidarität zu WTC 1 und 2.	4 Punkte
o	Weil es – wie Fachleute aus aller Welt bestätigen – fachgerecht gesprengt wurde.	0 Punkte

Wie heißt das Buch zur Covid-19-Krise?

- o   The Great Reset   0 Punkte
- o   The Great Gatsby   1 Punkt
- o   The Great Escape   2 Punkte
- o   Great Balls of Fire   3 Punkte

Worum geht´s in dem Buch?

- o   Um die Kontrolle der Weltwirtschaft   0 Punkte
- o   Die Errichtung einer neuen Weltordnung   0 Punkte
- o   Die Digitalisierung aller Lebensbereiche   0 Punkte
- o   Um eine Computer-Taste.   3 Punkte

Was wurde beim Event 201 geprobt?

- o   Der weltweite Ablauf einer Virus-Pandemie.   0 Punkte
- o   Nix.   3 Punkte
- o   Dasselbe wie beim Event 200.   2 Punkte
- o   Irgendwas von Shakespeare.   4 Punkte

Wer war bei diesem Event alles dabei?

- o   Das Weltwirtschafts-Forum   0 Punkte
- o   Die CIA   0 Punkte
- o   Die chinesische Gesundheitsbehörde   0 Punkte
- o   Vertreter der Bill und Melinda Gates Stiftung   0 Punkte
- o   Die Avengers   5 Punkte

Was bringt eigentlich die Reform des am 18. November verabschiedeten Infektionsschutzgesetzes?

- ○ Starke Einschränkung unserer Grundrechte — 0 Punkte
- ○ Immense Eingriffe in unsere Persönlichkeitsrechte — 0 Punkte
- ○ Eine immer stärker in die Opposition zur Regierung gedrängte Gesellschaft — 0 Punkte
- ○ Einigkeit und Recht und Freiheit — 4 Punkte

TEST-AUSWERTUNG

0 – 1 Punkt
Jawohl, Sie sind ein Verschwörungstheoretiker! Oder anders ausgedrückt: Sie sind jemand, der sich noch wundern kann. Zum Beispiel darüber, dass zwei Flugzeuge in zwei Türme fliegen aber DREI Türme einstürzen. Natürlich könnte man Sie deshalb auch schlicht als „Jemand, der rechnen kann" bezeichnen. Oder als Verschwörungs*mathematiker*. Doch das ist reine Theorie.

2 – 20 Punkte
Bei Ihnen ist es so: Sie stehen Verschwörungstheorien eher gleichgültig gegenüber. Manchmal glauben Sie daran. Manchmal nicht. Wenn Sie daran glauben, geht es allerdings nur um das Eine. Merkwürdige Schiedsrichter-Entscheidungen.

21 – 30 Punkte
Sie haben mit Verschwörungstheorien genauso viel am Hut wie ein Ork mit Gewissensbissen. Und damit das auch so bleibt, sollten Sie nie ein Buch von Daniele Ganser lesen. Nicht weil er darin Verschwörungstheorien verbreitet, sondern weil er sie darin *belegt*.

(K)Ein Herz fürs Impfen

Zurzeit gibt es hierzulande nur noch ein Thema: Das Verunglimpfen deutscher Bürger. Nein, Quatsch! Das *Impfen* deutscher Bürger. Aus achtzig Millionen Virologen sind praktisch über Nacht achtzig Millionen Impf-Experten geworden. Und alle beschäftigt die Frage, ob der Impfstoff hochwirksam oder eher hochgefährlich ist. Oder Beides.

Dabei verursacht die „lange" Testphase des Impfstoffs unter den Skeptikern nicht gerade Begeisterungsstürme. Und die Beteuerungen der Hersteller, sich im Kampf gegen das Corona-Virus ganz besonders dolle angestrengt und beeilt zu haben, verwundern eher als das sie beruhigen. Zu Recht, wie ich finde. Was machen denn diese Wissenschaftler seit Jahrzehnten im Kampf gegen den HIV-Virus? Ganz besonders dolle Candy Crush spielen?

Allerdings wird dieser offensichtliche Widerspruch in den Leitmedien nicht groß thematisiert. Stattdessen läuft dort die Dauer-Werbe-Sendung „Ein Herz fürs Impfen!" Auch wenn in letzter Zeit die Mainstream-Herzen für Astra Zeneca deutlich schwächer schlagen. Beziehungsweise *dagegen* schlagen.

Man fragt sich nur warum ausgerechnet gegen Astra Zeneca? Die anderen Impfstoffe sind doch keinen Deut besser! Egal was man nämlich verimpft, überall in der Welt hört man von Nebenwirkungen. Zwar von keinen dramatischen – eine kleine Rötung, ein kurzer Juckreiz, ein schneller Tod – aber immerhin.

Deshalb hat es trotz des aktuellen Astra Zeneca-Bashings den Anschein, als würden die Leitmedien ganz grundsätzlich verhindern wollen, dass die Bürger zu sehr ans Nachdenken kommen. Wo kommen wir auch hin, wenn Bürger anfangen zu denken? Bürger sollen nicht denken, sie sollen *danken*. Das hat seinerzeit schon Volker Pispers ironisch angemerkt.

Also danke, liebe Bundesregierung! Für Impfstoffe, die völlig offen lassen, ob es sich bei den dicken Krokodils-Tränen, welche angesichts des Impfstoff-Mangels bundesweit vergossen werden, nicht doch um Freudentränen handelt.

Die Sache hat bloß einen Haken: Wenn es irgendwann mal genug Impfstoff geben sollte, kann es angesichts der allgemeinen Impf-Müdigkeit, tatsächlich zum Äußersten kommen: Zur Impfpflicht. Zwar wäre die ein erheblicher Eingriff in unsere Grundrechte, doch beim Thema Impfen hört eben der Spaß auf.

Oder anders ausgedrückt: Ist der Zeitpunkt gekommen, wird die zarteste Versuchung seit es Schein-Demokratien gibt – also Angela Merkel – Ihnen Ihre Grundrechte nochmal in aller Ruhe erklären. Und zwar unter Zuhilfenahme von medialer Ächtung nebst drohendem Job- und Freiheitsverlust, garniert mit einer ordentlichen Prise gesellschaftlichem Druck und frischen Brennnesseln.

Denn machen wir uns nichts vor: Bürgerliche Rechte enden in der Praxis immer genau da, wo die Interessen von Regierung und Konzernen anfangen. Über Rechte verfügen wir also eh nur, wenn es den Mächtigen auf dieser Welt gerade in den Kram passt. Und im Moment passt denen nichts in den Kram. Zumindest nichts das mit Demokratie zu tun hat. Man könnte sogar sagen: Die Regierung geht momentan mit unserer Demokratie um, wie YouTube mit KenFM-Videos.

Und so frage ich mich, was in diesem Land noch alles geschehen muss, damit aus achtzig Millionen Impf-Experten endlich achtzig Millionen Bürgerrechtler werden? Vielleicht brauchen wir aber auch einfach nur eine neue Dauer-Werbe-Sendung im Programm: Ein Herz für Kinder...

Listen, die Politik und Medien entlarven

Die neuen politisch korrekten Bezeichnungen für

1. Demonstrant: Covidiot
2. Regierungskritiker: Nazi
3. Obrigkeitshörig: Solidarisch
4. Grippewelle: Pandemie
5. Propaganda: Nachrichten
6. Verstorben: an Covid 19 verstorben
7. Verdachtsfälle: Infizierte
8. Attest: Betrug
9. Alltagsmaske: Frischluftverstärker

Warum im Fernsehen ständig Berichte über Corona laufen

1. Man möchte die Bevölkerung beruhigen (0,01%)
2. Man möchte die Bevölkerung informieren (0,6%)
3. Man möchte die Bevölkerung manipulieren (97,5%)
4. Man möchte die Bevölkerung in Angst und Schrecken versetzen. (98,3%)
5. Man möchte die Bevölkerung soweit bekommen, dass sie bereit ist alles dafür zu, dass im Fernsehen keine Berichte mehr über Corona laufen. (99%)
6. Man möchte die Bevölkerung impfen. (100%)

Die wichtigsten Themen von TV und Radio-Sondersendungen in den nächsten Jahren

- 2021: Das Jahr, in dem der Impfstoff kam
- 2022: Das Jahr, in dem die Folgeschäden sichtbar wurden
- 2023: Das Jahr, in dem eine gewaltige Klagewelle gegen die Impf-Industrie losbrach
- 2024: Das Jahr, in dem alle Klagen abgewiesen wurden
- 2025: Das Jahr, in dem sich die Hals-Mund-Nase-Stirn-Maske durchsetzte
- 2026: Das Jahr, in dem sich die Gurkenmaske durchsetzte
- 2027: Das Jahr, in dem ein Virologe zum Bundeskanzler gewählt wurde
- 2028: Das Jahr, in dem er an einem Dienstag erstmals nicht die AHA-Regel erwähnte
- 2029: Das Jahr, in dem endlich alle Menschen geimpft waren – außer die Impfstoff-Hersteller
- 2030: Das Jahr, in dem „The Great Lockdown" gestartet wurde.
- 3030: Hundert Jahre Lockdown – eine erste Bilanz: War diese Maßnahme möglicherweise etwas übertrieben?

Wovor Politiker sich fürchten

1. Untersuchungsausschüsse
2. Die Wahrheit
3. Das eigene Volk
4. Dass das eigene Volk die Wahrheit erkennt

5. Zum Beispiel durch Untersuchungsausschüsse
6. Spinnen

Fünf Streiche, die man den öffentlich-rechtlichen Medien spielen kann

1. Zitate von Verschwörungstheoretikern auf den Teleprompter legen.
2. Als Interviewpartner – egal zu welchem Thema – immer einen Querdenker einblenden.
3. Die GEZ-Gebühren komplett an die alternativen Medien zahlen.
4. Den Journalisten keine Pressetexte mehr zukommen lassen (sodass sie gezwungen sind regelrecht selbst zu recherchieren).
5. Klingelmäuschen.

Die vier häufigsten Versprecher des berühmten Zitats: *„Diese Maßnahmen dürfen nie hinterfragt werden. Die sollten wir jetzt einfach so tun."*

1. *„Diese Maßnahmen sollten nie getan werden. Die dürfen wir jetzt einfach so hinterfragen."*
2. *„Hinterfragen Sie einfach nie was ich mich anmaße. Sie dürfen jetzt höchstens so tun."*
3. *„Diese Hintern dürfen nie gefragt werden. Wir sollten sie jetzt einfach so mitnehmen."*
4. *„Kopfball...abgewehrt...Aus dem Hintergrund müsste Rahn schießen...Rahn schießt...Tooor!...Tooor!....Tooor!..."*

Deutschland ist

1. Eine Demokratie
2. Eine Parteien-Oligarchie
3. Eine amerikanische Kolonie
4. Nur eine Schachfigur im Spiel der globalen Pharma-, Tech- und Finanz-Konzerne
5. Papst!?

Wofür sich deutsche Politiker nicht interessieren

1. Menschen
2. Fakten
3. Grundrechte
4. Gefühle
5. Kinder
6. Wrestling
7. Politik

Acht politische Ziele, die aus der Mode gekommen sind

1. Mehr Demokratie
2. Weniger Polizeistaat
3. Mehr Rechtstaat
4. Weniger Kontrolle
5. Mehr Freiheit
6. Weniger Mode
7. Mehr Ziele
8. Weniger ist mehr

Vier Alternativen zum Wählen

1. Nicht wählen.
2. Sich selbst zur Wahl stellen.
3. Denjenigen wählen, der sich selbst zur Wahl stellt.
4. Über eine vierte Alternative zum Wählen nachdenken.

Acht neue Umschreibungen für Deutschland

1. Da, wo der Mittelstand zerstört wird.
2. Da, wo freie Meinungsäußerung die Kündigung nach sich zieht.
3. Da, wo Menschen alleine sterben müssen.
4. Da, wo der Souverän souverän entmachtet wird.
5. Da, wo Kinder traumatisiert werden.
6. Da, wo es hoffentlich nicht zu Bürgerkriegen kommt.
7. Da, wo scheinbar die meisten Menschen denken, sie leben in einer lupenreinen Demokratie.
8. DDR 2.0

Was spätestens seit März 2020 für immer verloren ist

1. Das Vertrauen in die Medien
2. Das Vertrauen in die Regierung
3. Die Wirtschaft
4. Die Würde des Menschen
5. Ein neutrales Verhältnis zu Masken
6. Ein neutrales Verhältnis zu Virologen
7. Die Reisebranche
8. Die Gastronomie

9. Die Kultur
10. Der Rechtsstaat
11. Der Familienfrieden
12. Die Ehre der Katharina Blum

2020: Die größten Skandale in der Berichterstattung der Mainstream-Medien

1. In einer Nachrichten-Sendung wird die Infizierten-Zahl aus Versehen ins Verhältnis zu den Testzahlen und der Belegung der Intensivbetten gesetzt.
2. Auf den über hundert Demos in Berlin am 29.8.2020 ist eine Reichsfahne NICHT gefilmt worden.
3. Die Polizisten, die das Fotoshooting...äh...den Sturm auf den Reichstag – nun ja, sagen wir – verhinderten, erhalten NICHT den Oscar in der Rubrik „Bester ausländischer Film".
4. Alle Sendungen, in denen ein Gast eingeladen war, der eine andere Meinung vertrat.
5. Was insgesamt etwa zwei Mal vorkam.
6. Oder ein Mal.
7. Höchstens.
8. Diese Liste darf nie hinterfragt werden.

Zwölf Ideen, wie man die Spaltung und Panik wieder aus der Bevölkerung bekommt

1. Ein Friedensaktivist wird Bundeskanzler.
2. Ein Corona-Maßnahmen-Kritiker wird Polizeipräsident.
3. Bundesgesundheitsminister wird ein Yogalehrer.

4. Justizministerin wird eine Altenpflegerin aus Braunschweig.
5. Das RKI wird durch ein Reisebüro ersetzt.
6. Die Tagesschau von Schülern der Klasse 3b moderiert.
7. Für den Inhalt der Tagesschau sind ausschließlich Event-Manager verantwortlich.
8. In Talkshows kommen nur Künstler, Musiker und Gaststätten-Betreiber zu Wort.
9. Das Wort zum Sonntag spricht IMMER eine Friseuse.
10. Anstatt über Corona darf nur noch über Autounfälle berichtet werden (auch auf die Gefahr hin, dass irgendwann niemand mehr Auto fährt).
11. Ein ständiger Live-Stream nach Schweden wird eingerichtet, um jederzeit beobachten zu können, was dort Schlimmes passiert (nämlich nichts).
12. Ab sofort gibt es in jedem siebten Überraschungs-Ei einen knuffigen Corona-Virus aus Gummi, der wenn man ihn drückt, sagt: *„Ich bin nur eine Grippe."*

Acht neue Mutproben

1. Mit einem „Free Hugs"-Schild durch eine Fußgängerzone wandern.
2. Vorbei an einer Polizeistreife.
3. Während eines strikten Lockdowns.
4. In Bayern.
5. Dann dort ein Restaurant eröffnen.
6. Welches das Essen in gebrauchten Alltagsmasken serviert.
7. An eine Polizeistreife.
8. Den kompletten Lockdown im Knast verbringen.

Fünf neue (beziehungsweise leicht modifizierte) Grundgesetze

1. Maskenfreiheit: Maskenfreiheit herrscht überall, wo es keine Menschen gibt.
2. Meinungsfreiheit: Herrscht ebenfalls überall, wo es keine Menschen gibt.
3. Demonstrationsrecht: Das Demonstrationsrecht bleibt unverändert. Solange man davon keinen Gebrauch macht (möchte man – warum auch immer – trotzdem davon Gebrauch machen: siehe Masken- und Meinungsfreiheit).
4. Testrecht: Jeder sollte sich morgens nach dem Aufstehen testen lassen. Und bei einem positiven Ergebnis zu Hause bleiben. Bei einem Negativen auch. Sicher ist sicher.
5. Risikogruppenschutzgesetz: Um die Risikogruppen zu schützen, sollte jeder Bundesbürger aufhören, wild durch die Gegend zu laufen und stattdessen lieber im Bett bleiben. Am besten solange bis man selbst zur Risikogruppe gehört.

Fünf Dinge, die das Verhältnis zwischen der deutschen Regierung und dem deutschen Volk etwas abkühlen lässt

1. Wenn das Volk für die Interessen von Finanz- und Tech-Konzernen geopfert wird.
2. Wenn unsere Regierung dem chinesischen Regierungsstil nacheifert.
3. Wenn die Staatsmacht Wasserwerfer und Tränengas gegen ihre Bürger einsetzt.
4. Wenn der Mittelstand zerstört wird.
5. Wenn sich Verschwörungstheorien als wahr herausstellen.

Warum Menschen andere Menschen denunzieren

1. Aus Solidarität.
2. Aus einem Reflex heraus.
3. Um ihrem Leben einen Sinn zu geben.
4. Weil's Gottes Wille ist.
5. Weil es alle machen.
6. Weil's Spaß macht.
7. Weil denunzieren immer noch besser ist als töten.
8. Irgendjemand *muss* es ja machen.
9. Weil es gute, alte deutsche Tradition ist

Neun Reaktionen eines Politikers, nachdem er herausgefunden hat, dass die Gefährlichkeit von Corona im Bereich einer normalen bis mittelschweren Grippe liegt

1. *„Ach."*
2. *„Hätte ich das mal früher gewusst!"*
3. *„Wieso hat mir das denn niemand gesagt?"*
4. *„Querdenken? Ist das 'ne Quizsendung?"*
5. *„Echt? Es gab auch Virologen, die anderer Meinung waren?"*
6. *„Aber nicht im Fernsehen..."*
7. *„Im Internet? Ist das was Neues?"*
8. *„O mein Gott! Wie konnte ich mich nur so irren?!"*
9. *„Ich bin nach wie vor für eine Verschärfung der Maßnahmen!"*

Fünfzehn Hinweise darauf, dass die Mainstream-Medien vor einem Meinungswechsel stehen

1. Es wird plötzlich regierungskritisch berichtet.
2. Es kommen Ärzte und Virologen mit einer anderen Meinung zu Wort.
3. In den Nachtrichten wird die Rubrik „Kommentar" durch die Rubrik „Gegendarstellung" ersetzt.
4. Die „Gegendarstellung" kommt von RT Deutsch.
5. Und zwar live.
6. Die Moderatoren sagen Sätze wie: *„Nur weil es im Mainstream läuft, muss es nicht wahr sein."*
7. Oder *„Glauben Sie mir kein Wort. Prüfen Sie es selbst nach. Zum Beispiel im Internet."*
8. Die Interview-Partner in den Nachrichten-Sendungen kommen alle aus den freien Medien.
9. Die Interviews gehen mindestens über zwei Stunden.
10. Und es geht um Inhalte.
11. Am Ende umarmt man sich.
12. Bis in die frühen Morgenstunden.
13. Die Umarmung wird live übertragen.
14. Dann beginnt das Frühstücksfernsehen.
15. Darin werden regierungskritische Fragen gestellt...

Die fünf spektakulärsten Titelstorys in der zukünftigen Geschichte der Printmedien

1. „SENSATION! Letzten Monat nur ein Infizierter. Bei zwei Millionen Tests! Sollten wir die Maßnahmen nun etwas lockern?"

2. „QUERDENKEN: Wie die nimmermüden Demokratie-Anhänger mit Liebe, Respekt, Friedensgebeten und Meditationen weiterhin unsere Gesellschaft terrorisieren."

3. „MÜDER KANZLER: Der Bundeskanzler reduziert die Lockdowns auf gerade mal zwei pro Jahr – will er uns alle umbringen?"

4. „DIE PANDEMIE WAR EIN FAKE! Wie wir und alle anderen Medien ein Volk zum Narren gehalten haben" (Ausgabe 1. April)

5. „CORONA: Die wahre Ursache hinter dem Einsturz von WTC 7?"

Wovor die gegenwärtige Regierung am meisten Angst hat

1. Eine echte Demokratie
2. Alternative Medien
3. Fakten
4. Viel zu kurze Lockdowns
5. Richter mit Rückgrat
6. Polizisten, die remonstrieren
7. Menschen, die demonstrieren
8. Machtverlust
9. Kontrollverlust
10. Gesichtsverlust
11. Wutbürger
12. Diätenkürzungen
13. Schwache Umfragewerte
14. Filme von Alfred Hitchcock
15. Sars-CoV-2

Bundesfressenkonferenz

Wie waren sie eigentlich, die letzten Bundesfressenkonferenzen mit Merkel und Co? Ein Lehr-Beispiel in Sachen Aufklärung und Transparenz? Ein ergebnisoffener Diskurs? Ein Plädoyer für die Liebe? Tja, das hängt davon ab, ob man als Kritiker oder Befürworter der Regierungsmaßnahmen dort war. Als Befürworter war die Konferenz wie immer: Ein ruhiges Pläuschen unter Gleichgesinnten mit den immer gleichen Fragen. Und nicht zu vergessen: mit den immer gleichen Körpern. Also ohne Rückgrat.

Für die Kritiker der Maßnahmen verliefen die Konferenzen ebenfalls ruhig, denn Kritiker waren ja keine da. Außer Boris Reitschuster, der Don Quichotte unter den Medienvertretern. Es ist schon bemerkenswert, wie der dort einzige, kritische Journalist tapfer gegen die inzestuöse Politik und Medien-Windmühlen ankämpft. Indem er in bester Columbo-Manier „Ich hätte da noch eine Frage!" Dinge anspricht, die die Lockdown-Fetischisten nicht selten in Tröpfchen absondernde Schnapp-Atmung versetzt.

Falls sie denn überhaupt atmen. Denn meines Erachtens könnten das durchaus auch seelenlose Roboter sein, die da sitzen. Für diese Theorie spricht, wie manche der Damen- und Herrenschaften auf die Fragen von Columbo-Boris reagieren. Nämlich gar nicht. Oder sie versuchen, ihn auf eine andere Fährte zu locken. Oft mit dem Universal-Spruch für Inkompetente: „Dafür bin ich nicht zuständig."

Und sind sie es nachweislich doch, werden reflexartig frische Studien aus irgendeinem Raum-Logik-Kontinuum herausgerissen, die beweisen, dass die große Mehrheit der Deutschen wie ein Mann hinter den erfolgsversprechenden Maßnahmen unserer wunderbaren

Regierung stehen, um damit allen Skeptikern in der Republik den Chips-verschmierten Quarantäne-Mittelfinger zu zeigen.

Aber was genau stimmt die Deutschen bezüglich der Regierungsmaßnahmen eigentlich so zuversichtlich? Ist es die Aussicht auf Hartz IV? Ist es die Vorfreude auf lebenslange Impfschäden?

Oder ist es das erhabene Gefühl, noch nicht alle geilen Netflix-Serien gesehen zu haben? Ich glaube ja, es liegt daran, dass man für solche Studien immer nur die Gäste von Maybritt Illner heranzieht, deren Sendung stets aus Politikern und Wissenschaftlern besteht, die die Regierungslinie in trauter, deutscher Hörigkeit runterbeten, als wäre Meinungsvielfalt eine abartige, neue Virus-Mutation.

Dabei ist gerade auch bei Wissenschaftlern Vorsicht geboten. Insbesondere wegen Etikettenschwindels. Da wimmelt es oft nur so von korrupten Pseudo-Professoren oder es steht Virologe drauf und Karl Lauterbach steckt drin. Und das verheißt nie Gutes. Erst recht nicht in Corona-Zeiten. Denn Panik-Kalle hat sich offenbar zum Ziel gesetzt, so lange Angst und Schrecken in der Bevölkerung zu verbreiten, bis auch der letzte Germane mitsamt seiner Jahresration an FFP2-Masken nur noch schnellstens auswandern will. Es fragt sich bloß wohin.

Covid treibt schließlich überall auf der Erde sein tödliches Unheil. Allein im letzten Jahr hat es bereits über 99,9 Prozent der Weltbevölkerung dahingerafft. Oder 0,1 Prozent. Wer weiß das schon so genau?

Jedenfalls nicht die Printmedien. Die hauen neuerdings fröhlich Artikel raus wie „Die Infiziertenzahlen sinken wieder höher". Oder „Der Lockdown ist gut für die Wirtschaft." Den fand ich persönlich am besten. „Der Lockdown ist gut für die Wirtschaft." Man hätte auch singen können: „Oh, wie ist das schön..."

Übrigens, hätten spätestens bei diesem Zeitungs-Artikel, meiner Meinung nach, alle Comedians und Kabarettisten dieses Landes geschlossen aufstehen und eine medien- und regierungskritische Nummer nach der anderen bringen müssen. Doch wenn das als Titel in der — kein Scherz — *Süddeutschen Zeitung* steht, dann kratzt sich die deutsche Ulknudel lediglich kurz am Mainstream-Gemächt und sondert zustimmend einen dampfenden Wohlstands-Haufen ab. Meist direkt auf die Köpfe der Corona-Maßnahmen-Kritiker. Mit dem Mittelstand kann man's ja machen.

Doch zurück zur Bundesfressenkonferenz. Ich frage mich, wann wir endlich erlöst werden. Erlöst von dem Brechreiz auslösenden Schauspiel unserer achso besorgten Politiker, die die Risikogruppe schützen wollen, indem sie sie einsperren, ihrer Kontakte und Würde berauben und ihr dann mit einer das Immunsystem schwächenden Impfung den Rest geben. Aber vor allem frage ich mich — und das ist die Quintessenz meiner kleinen Glosse — wie lange es noch dauern wird, bis Boris Reitschuster endlich den Satz zu hören bekommt: „Dafür war die ehemalige Bundesregierung zuständig."

Listen, die die Querdenken-Demonstrationen erklären

Zehn alternative Namen für die Querdenken-Bewegung

1. Umdenken
2. Weiterdenken
3. Waagerechtdenken
4. Diagonaldenken
5. Überkreuzdenken
6. Vollkrassdenken
7. Durcheinanderdenken
8. Geradeausunddannscharflinksdenken
9. Andersalsdieanderendenken
10. Ich-denke-also-demonstriere-ich

Vier Dinge mit denen man rechnen muss, wenn man auf eine Querdenken-Demo geht

1. Mit bewegenden Reden
2. Mit friedliebenden Demonstranten
3. Mit der Staatsgewalt, die die friedliche Demo auflösen lässt
4. Mit der Kündigung

Zehn Sätze, die auf jeder Querdenken-Demo fallen

1. *„Haltet die Abstände ein!"*
2. *„Bitte nochmal den Helikopter machen."*
3. *„Ich habe ein Attest."*
4. *„Achtung, hier spricht die Polizei..."*
5. *„Schließt euch an!"*
6. *„Die Versammlung ist hiermit aufgelöst."*
7. *„Das ist rechtswidrig."*
8. *„Hiermit rufe ich eine Spontan-Versammlung aus."*
9. *„Ich sag Frieden, ihr sagt...?"*
10. *„Freiheit!"*

Zehn Sätze, die eher selten auf einer Querdenken-Demo fallen

1. *„Durch die Maske kann ich viel besser atmen."*
2. *„Der Lockdown war mir zu kurz."*
3. *„Ach, wie toll, ein ARD-Team..."*
4. *„Ach, wie toll, ein Wasserwerfer..."*
5. *„Am besten hat mir die Rede des Gesundheitsministers gefallen."*
6. *„Grundrechte werden überbewertet."*
7. *„Wo kann man sich hier impfen lassen?"*
8. *„Hoffentlich geht diese tolle Corona-Zeit nie vorbei."*
9. *„Ich sag Fritten, ihr sagt...?"*
10. *„Ketchup!"*

Was Querdenken-Demonstranten auf einer Querdenken-Demonstration machen

1. Angeregt diskutieren.
2. Den Rednern lauschen.
3. Applaudieren.
4. Auch mal Buh-Rufen.
5. Und mal Lachen.
6. Oder Singen.
7. Tanzen.
8. Essen und Trinken.
9. Ein stilles Örtchen aufsuchen.
10. Fahnen schwingen.
11. Transparente hochhalten.
12. Mit den Fingern Herzchen bilden.
13. Herz-Ballons hochhalten.
14. In ihr Herz hineinspüren.
15. Wieder nach Hause gehen.
16. Zuhause über die Berichterstatter ärgern, die scheinbar auf einer ganz anderen Demo waren.

Die am besten geeigneten Tage, um für die Demokratie zu kämpfen

1. Samstag
2. Sonntag
3. Dienstag
4. Mittwoch
5. Donnerstag
6. Freitag
7. Montag

Ungewöhnliche Orte um eine Spontan-Versammlung auszurufen

1. Sauna
2. Klo
3. Badewanne
4. Hängematte
5. Gebärmutter
6. Backofen
7. Langerhans Inseln

Berühmte letzte Worte

1. *„Ich geh heute mal ohne Maske einkaufen. Was soll schon passieren?"*
2. *„Impfen? Bitte die doppelte Dosis..."*
3. *„Kommt, wir gehen alle in den Tiergarten. Da sind wir in Sicherheit..."*
4. *„Wissen Sie was? Ich sehe das Ganze eher kritisch..."*

Dreizehn Sätze, die die Kritiker der Corona-Maßnahmen zur Weißglut bringen

1. *„Wir müssen jetzt alle solidarisch sein!"*
2. *„Hast du nicht die Bilder aus Bergamo gesehen?"*
3. *„Ach, das ist doch eine Verschwörungstheorie!"*
4. *„Da geh ich nicht hin, da sind doch nur Rechte."*
5. *„Wieso? Du kannst doch jederzeit deine Meinung sagen!"*
6. *„Och, das bisschen Masketragen..."*

7. *„Aber die Infizierten-Zahlen sind doch schon wieder gestiegen!"*
8. *„Ich versteh nicht, wie man da anderer Meinung sein kann."*
9. *„Schau dir Schweden an, da sterben die wie die Fliegen..."*
10. *„Wenn alle Länder mitmachen, muss da was dran sein."*
11. *„Wenn alle geimpft sind, tritt endlich wieder Normalität ein."*
12. *„Ich guck nur Tagesschau, da bin ich ausreichend informiert."*
13. *„Die Maske muss über die Nase!"*

Sechszehn Dinge, die man tun kann, anstatt auf eine Querdenken-Demo zu gehen

1. Lange schlafen.
2. Irgendwann mittags aufstehen.
3. Den ganzen Tag Mainstream-Medien gucken.
4. Maskenmuffel beschimpfen
5. Infiziertenzahlen auswendig lernen.
6. Den Kopf in den Sand stecken.
7. Sand in den Kopf stecken.
8. Einen Impfstoff herbeisehnen.
9. Ein Buch über die Widerstands-Bewegungen im Dritten Reich lesen.
10. Danach Querdenken-Demonstranten als Nazis beschimpfen.
11. Und darin keinen Widerspruch erkennen.
12. Dann auf Toilette gehen.
13. Dabei eine Maske tragen.
14. Selbst beim Zähneputzen.
15. Anschließend auf die Couch legen.
16. Die ganze Nacht Mainstream-Medien gucken...

Womit man der Berliner Polizei momentan nicht kommen kann

1. Gesicht
2. Attest
3. Grundgesetz
4. Argumente
5. Friedfertigkeit
6. Ziviler Ungehorsam
7. *„Schließt euch an!"*

Womit man der Berliner Polizei kommen kann

1. Maske
2. Abstand
3. Ausweis
4. Stummer Gehorsam
5. Nehmerqualitäten
6. Abwesenheit
7. *„Schließt mich ein!"*

Die sechs abgelehnten Alternativen zu den beiden Demo-Mottos *„Wir bleiben hier. Schließt euch an!"*

1. *„Wir schließen euch ein. Bleibt hier!"*
2. *„Bleibt an. Wir schließen hier!"*
3. *„Bleibt hier. Wir schießen euch an!"*
4. *„Wir bleiben bei euch. Schließt uns auf!"*
5. *„Wir schießen hier – auf eure Bleibe!"*
6. *„Zu den Waffen! Wir werden alle vernichten!"*

Zehn typische Demonstrations-Krankheiten

1. Handyhochhaltkrämpfe
2. Zwanghaftes Wippbein
3. Wundklatschhände
4. Zwanghaftes Wippbein
5. Helikopter-Schwindel
6. Leitmedien-Herpes
7. Demokratie-Infektion
8. Impf-Allergie
9. Freiheitswahn
10. Schnupfen

Die acht beliebtesten Sprüche der Bürger in Uniform aus der jüngeren Zeit

1. *„Das Attest ist gefälscht!"*
2. *„Sie behindern die Polizei-Arbeit!"*
3. *„Sie hat mich gebissen!"*
4. *„Wir sind Brüder, deshalb haben wir alle dieselbe Rückennummer."*
5. *„Die Frau hat sich rücklings in meine Faust geworfen. Drei Mal!"*
6. *„Sie dürfen hier nicht filmen!"*
7. *„Ich schließe mich nirgendwo an!"*
8. *„Niemand hat die Absicht eine Mauer zu bauen."*

Was man unbedingt auf eine Demo mitnehmen sollte

1. Ausweis
2. Attest *(Kopie!)*
3. Maske *(original)*
4. Geduld
5. Regenbekleidung
6. Inneren Frieden
7. Einen guten Anwalt

Was man NICHT mitnehmen sollte

1. Attest *(original)*
2. Nazis
3. Einbauküchen

Sieben Mottos von Demonstrationen, die ein bisserl polarisieren

1. „Für immer Alltagsmaske!"
2. „Virologen an die Macht!"
3. „Fridays for Finanzkonzerne!"
4. „Lockdown friends unite now!"
5. „More Money for Pharma!"
6. „Give fascism a chance!"
7. „Nomaské – Das Immunsystem in mir, grüßt das Immunsystem in dir"

Wovor die „Querdenker" Angst haben

1. Der ewige Lockdown
2. Die totale Überwachung
3. Das Kollabieren der Weltordnung
4. Die Vernichtung der Wirtschaft
5. Die Digitalisierung allen Lebens
6. Die physischen und psychischen Schäden, die durch das Tragen der Masken entstehen
7. Besonders im Bezug auf Kinder
8. Die Hetze und Panikmache des Mainstreams, die das Land immer weiter spalten
9. Ein Impfstoff, der erstmals in die DNA eines Menschen eingreift
10. Mit unabsehbaren Nebenwirkungen
11. Dass ihre Eltern und Großeltern isoliert und allein sterben müssen.
12. Das ihnen der Himmel auf den Kopf fällt

Wovor die von Politik und Medien manipulierten Menschen Angst haben

1. Der ewige Lockdown
2. Steigende Infektionszahlen
3. Zu wenig Intensivbetten
4. Einen hochansteckenden, todbringenden Virus
5. Hochansteckende Menschen
6. Also vor allem Kinder und Jugendliche
7. Dass ihre Eltern und Großeltern infiziert werden

8. Die physischen und psychischen Schäden, die durch das Nicht-Tragen der Masken entstehen
9. Alternativen Medien, die die Querdenker offenbar mit Verschwörungstheorien und falschen Fakten füttern.
10. Nazis und Irre, die scheinbar immer mehr werden in diesem Land.
11. Ein zweites Bergamo.
12. Dass die Querdenker am Ende Recht haben.

TEST

Sind Sie ein Querdenker?

(Kreuzen Sie an und rechnen Sie Ihre Punkte zusammen)

Wie viele Menschen haben am 1. August 2020 in Berlin demonstriert?

o	Laut Tagesschau: 17.000	4 Punkte
o	Laut zwei Ansprech-Partnern von der Polizei: 500.000	0 Punkte
o	Laut Internet: 1.3 Millionen	0 Punkte
	Laut einer Anwohnerin: *„Ne janze Menge."*	0 Punkte

Und wer hat da demonstriert?

o	Hauptsächlich Nazis	3 Punkte
o	Hauptsächlich Zombies	3 Punkte
o	Hauptsächlich Gandhis	1 Punkt
o	Leute wie du und ich	0 Punkte

Wie lautete das Motto der Querdenken-Demo vom 29.8. in Berlin?

o	„Berlin invites Europe"	0 Punkte
o	„Berlin invades Europe"	3 Punkte

- „Berlin infects Europe"   3 Punkte
- „Berlin invides Robert F. Kennedy" 2 Punkte

Woraus bestand dort zum Großteil der „Sturm auf den Reichstag"?

- Aus V-Leuten   4 Punkte
- Polizei-Schauspielern   3 Punkte
- Kameraleuten   3 Punkte
- Keine Ahnung. Ich war auf   0 Punkte
  der Querdenken-Demo.

Gibt es auf Demos gewaltbereite Bürger in Uniform?

- Nein   4 Punkte
- Nur auf Youtube-Videos   2 Punkte
- Nur in anderen Ländern   2 Punkte
- Ja   0 Punkte

Warum setzt man neuerdings Wasserwerfer bei Demonstrationen ein?

- Um die Demonstranten zu vertreiben 0 Punkte
- Um die Demonstranten zu waschen 2 Punkte
- Um sie vor dem Tod durch Verdursten zu 3 Punkte
  bewahren
- Um sie zu taufen   4 Punkte

Wie lautet ein Motto der Querdenken-Bewegung?

○	„Wir für das Grundgesetz."	0 Punkte
○	„Wir für das Infektionsschutzgesetz."	4 Punkte
○	„Wir schaffen das."	4 Punkte
○	„Ich bin dann mal demonstrieren."	1 Punkt

TEST-AUSWERTUNG

0 – 3 Punkte
Ja, Sie sind ein Querdenker! Das erkennt man unter anderem daran, wie Sie Diktaturen finden. Nämlich doof. Insbesondere im eigenen Land. Deshalb fordern Sie ja auch lautstark, dass sich alle wieder an das Grundgesetz halten. Idealerweise sogar unsere Regierung.

4 – 14 Punkte
Sie sind nicht unbedingt ein Vollblut-Querdenker. Und Sie waren auch noch nie auf einer Demo. Aaaber. Sie haben die Demos im Live-Stream mitverfolgt. In einem Querdenken-T-Shirt. Darauf kann man aufbauen!

15 – 26 Punkte
Sie stehen Querdenken-Demonstrationen eher ablehnend gegenüber. Denn Sie glauben die bestehen nur aus Verschwörungstheoretikern, Nazis, Terroristen und Gewalt. Was nur einen Schluss zulässt: Sie waren noch nie auf einer Querdenken-Demo!

Nachwort

Es ist nicht gut für unser Land, dass sich die Befürworter und die Kritiker der Maßnahmen so unversöhnlich gegenüber stehen. Zielführender wäre es, die beiden „Parteien" würden wieder miteinander ins Gespräch kommen. Unaufgeregt. Und ohne die Angst des Anderen abzuwerten. Deshalb als Nachwort eine Art Appell:

Wie die Befürworter und Kritiker der Maßnahmen wieder miteinander ins Gespräch kommen

1. Verständnis für die „andere Seite" entwickeln. Denn die befürchtet WIRKLICH, dass da draußen ein hochgefährlicher Virus unterwegs ist.
2. Verständnis für die „andere Seite" entwickeln. Denn die befürchtet WIRKLICH, dass hier gerade eine Diktatur errichtet wird.
3. Mit Verständnis für die „andere Seite" in ein konstruktives Gespräch gehen.

Ich wünsche mir sehr, dass wir das hinbekommen!

Ihr

Mahatma Bhakdi

Zeitfracht Medien GmbH
Ferdinand-Jühlke-Straße 7
99095 Erfurt, Deutschland
produktsicherheit@kolibri360.de